노을빛 창조

사랑으로 나의 창의성에 다시 불을 붙여준
*ARH*를 위해.

I WANT TO BE CREATIVE: Thinking, Living and Working more Creatively
Text © Harriet Griffey
Korean-language edition copyright (c) 2021 by Editory
Published by agreement with Hardie Grant Books, an imprint of Hardie Grant UK Ltd. and Danny HongAgency

내 안의 가능성을 발견하여 나답게 나아가는 ✕

노을빛 창조

Red Creative

해리엇 그리피 지음
스텔라 배나 그림 | 박선영 옮김

Contents

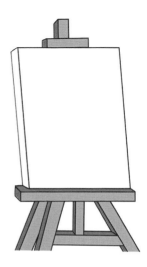

창조적인 사람이 되고 싶나요?

창조성은 비즈니스 세계에서 매우 중요한 덕목입니다. 또한 우리의 일상에서도 풍요로움을 결정하는 역할을 하죠. 음악, 미술, 문학, 운동, IT 등 분야를 막론하고 창조성을 발휘한다면 우리의 삶과 정신은 긍정적인 방향으로 나아갈 수 있습니다.

그런데 모든 사람이 창조성을 발휘할 수 있을까요? 네, 물론입니다. 어떤 일을 하든, 어떤 삶을 살든, 상상의 문을 열어두고 새로운 아이디어와 가능성을 받아들이면 누구나 열정이 타오르는 창조적 인간이 될 수 있습니다.

Creativity is a wild mind and a disciplined eye.

Dorothy Parker

창의력이란 정제되지 않은 마음과 정제된 눈이다.

도로시 파커, 시인이자 작가

"미래는 디자이너, 발명가, 작가처럼 공감적 우뇌를 활용해 창조적 사고를 하는 '다른 사람들'의 것입니다." 《새로운 미래가 온다 A whole new world》의 저자 다니엘 핑크의 말입니다. 그의 말대로 타고난 성향에 따라 창조성을 더 쉽고 적극적으로 표출하는 사람들이 있죠.

잠깐, 그게 나는 아닌 것 같다고요? 걱정할 필요 없습니다. 우리 모두 창조성을 발휘할 수 있으니까요. 작곡, 그림, 요리, 글쓰기, 춤추기, 아이디어를 내고 문제를 해결하는 모든 과정에서 창조성을 계발하고 나아가 즐길 수도 있습니다.

. . .

창조성은 한 가지 생각에 몰두할 때 얻을 수 있다.
창조성은 나만의 세상을 만들어내고 더 완벽하게 보완해가는 수단이다.
그래서 창조성이 나를 설명하며 내게 온전한 즐거움을 준다.

존 헤거티, 광고회사 BBH 창립자

창조성을 발휘한다는 건, 완전히 새로운 방식으로 사고하고 스스로 역량을 강화한다는 의미입니다. 또한 상상을 확장하고, 외부 자극으로부터 영감을 구하며, 예기치 않게 떠오른 아이디어를 현실로 구현하는 일이기도 합니다.

이때 **기능적 고착**을 유의해야 합니다. 기능적 고착은 심리학 용어로, 어떤 사물이나 대상을 바라볼 때 원래의 용도와 정의에만 머무르는 경향을 일컫습니다. 아이디어를 연구하고 분석할 때 기능적 고착에 빠지면 새로운 사고방식과 다각도의 관점을 얻을 수 없습니다. 창조성은 엄밀히 말해 '더 열심히'가 아니라 '다르게' 노력하는 데서 나오는 것입니다.

• • •

창조력은 지능을 재미있게 쓰는 능력이다.

알베르트 아인슈타인

우리는 평소 마음속에 담아둔 힘든 감정들을 그림이나 음악, 글쓰기 등을 통해 표현합니다. 이때 각자의 창조성이 발휘됩니다. 창조성을 발휘하고 구현할 기회는 많으면 많을수록 좋겠죠. 세상을 다양한 관점으로 바라보게 되고 어려운 문제를 해결하는 창조적 사고의 경험도 늘어나니까요.

누군가 말했듯, 창조성은 1%의 영감과 99%의 노력으로 이루어집니다. 끈질긴 노력과 열정을 보여준 영국 가전업체 다이슨의 창립자 제임스 다이슨의 이야기를 아시나요? 다이슨은 진공청소기를 오래 사용하면 흡입력이 급격히 떨어지는 문제로 골머리를 앓고 있었습니다. 그러던 어느 날, 제재소를 방문하게 됐는데 그곳에서 원심분리기를 이용해 톱밥을 제거하는 모습을 보게 됩니다. 다이슨은 그 자리에서 이를 진공청소기에 도입하는 아이디어를 떠올립니다. 그렇게 사이클론 방식의 진공청소기가 발명되었죠.

이후 다이슨은 1979년부터 1984년까지 시제품을 5,127개나 만들고, 10년을 더 투자해서 사이클론 방식의 진공청소기를 완성해 시장에 내놓습니다. 이러한 노력 덕에 사이클론 진공청소기는 2001년 시장 점유율 47%를 달성하죠.

학창 시절, 다이슨은 장거리 달리기를 잘했는데 그 비결에 대해 훗날 이렇게 말했습니다. "체격 조건이 좋아서는 아닙니다. 그보단 다른 사람들이 넘보지 못할 투지와 완주에 대한 확신이 있었던 덕분이죠." 그는 달리기에서 일을 끝까지 해내는 끈기와 인내심을 배웠다고도 했습니다. 다이슨은 대학에서 예술을 전공했다가 졸업한 뒤에 엔지니어링 회사에 취직했던 이력이 있는데요. 이렇게 다양한 분야를 경험하고 새로운 분야에 도전하는 데도 인내심이 한몫을 했다고 합니다.

다이슨을 보면 다양한 경험, 새로운 아이디어를 받아들이는 열린 자세, 실패를 두려워하지 않는 용기, 꾸준한 도전, 한계 없는 상상력, 그리고 마지막까지 해내는 끈기가 창조성에 얼마나 중요한지를 알 수 있습니다.

창조력을 발휘해 나만의 창작물을 세상에 내고 싶은 사람이라면, 창조의 순간을 스스로 만드세요. 매일, 아주 짧은 시간이라도 좋습니다. 책을 읽고, 하루 500자만이라도 쓰고, 매일 사진을 찍고, 꾸준히 동호회에 나가고, 그림을 그리고, 도자기를 만들고, 음악에 가사를 붙여보고, 독특한 레시피를 만들어보세요. 오늘 새롭게 배운 것, 처음 만난 사람, 심지어 스쳐 지나간 이름 모를 사람까지도 창조의 영감이 됩니다. 그들을 통해 느낀 감정과 생각을 자유롭게 표현한다면 당신 역시 창조적 창작자가 될 수 있습니다.

창조성이 중요한 분야는
따로 있을까요?

새로운 정보를 잘 찾아내고 신선한 아이디어를 잘 떠올리는 창조성은 비장의 카드와 같습니다. 문제 해결 방법을 찾고자 모인 원탁에서 남들보다 테이블에 올릴 카드가 더 많은 셈이니까요.

창조성은 무언가를 생산하는 데만 영향을 끼치는 건 아니에요. 가끔 열심히 노력했는데도 좋지 않은 결과를 얻을 때가 있죠? 그건 노력의 '양'이 문제가 아니라 노력의 '방향'이 문제인 경우입니다. 그럴 때 창조성은 노력을 어디로 어떻게 쏟아야 할지를 명확히 알려주는 역할을 합니다.

2010년 IBM은 60개국 33개 산업에 종사하고 있는 CEO 1,500명에게 "성공에 가장 필요한 가치는 무엇인가?"라는 질문을 던졌습니다. 그 결과, 현대 CEO들은 '창조성'을 가장 중요한 가치라 답했죠. 이 연구보다 앞서 발표된 OECD의 보고서에서도 21세기 핵심 능력으로 '창조성과 혁신성'을 꼽았습니다. 이렇게 창조성을 삶의 필수 능력으로 꼽는 사회 분위기는, 미국의 심리학자 엘리스 폴 토랜스가 개발한 창조력 검사에서 창조성 점수는 감소하고 지능 점수는 향상한 시기와 맞물려 나타났습니다.

물론 창조성을 업무에서 언제나 발휘할 수 있는 건 아니죠. 창조성보단 신중함, 신속함이 중요한 일들도 있으니까요. 따라서 창작에 필요한 창조성은 '해법을 떠올리기 위해 다양한 방식으로 폭넓게 사고하는' 방향으로 풀어나가야 합니다. "상자 밖에서 생각하라"라는 말이 있습니다. 고정관념을 벗어나 사고의 폭을 넓혀야 한다는 뜻입니다. 오늘날 우리를 둘러싼 상자는 수도 더 많아졌고 크기와 색상도 다양해졌습니다. 지금 여러분은 상자 속에 있지 않나요?

Creativity involves the breaking out of established patterns in order to look at things in a different way.

Edward De Bono

창조성은 사물을 다른 방식으로 보기 위해 고정관념에서 벗어나는 일이다.

에드워드 드 보노, 《수평적 사고》의 저자이자 심리학자

창조적 연결성

이탈리아의 패션기업 프라다의 창업주 마리오 프라다의 막내 손녀딸이자 1978년부터 프라다의 CEO로 재임한 미우치아 프라다. 그녀는 대학에서 정치학 박사를 전공한 후 마임 배우로 활동하고 여성운동도 벌이는 등 다방면에서 경험을 쌓았습니다. 이렇게 핸드백 디자인과 전혀 관계없는 분야에 있었지만 프라다는 가업을 이어받은 후 프라다라는 브랜드를 명실상부한 명품 반열에 올려놓았죠. 그녀가 했던 활동은 전부 창조성과 연결되어 있었던 것입니다. "나는 예술을 하는 사람은 아니에요. 예술은 생각과 가치관을 표현하는 일이니까요. 난 그저 판매하는 사람일 뿐입니다." 프라다의 말은 사실 겸손에 가깝습니다. 판매하는 일을 창조적으로 하기 위해 그녀는 누구보다 열심히 노력했고 그 결과 2013년 영국 패션 어워드에서 '올해의 국제 디자이너 상'을 최초로 수상하기도 했으니까요.

우리의 내면에는 모두 프라다가 있습니다. 여러분이 어디에서 무슨 일을 하든 창조성을 연결한다면, 그건 자아실현을 뛰어넘은 위대한 결실을 분명 만들어낼 것입니다.

창조적 생산성

이미 오래 해왔던 일에 다른 방식을 시도한다는 건 매우 큰 위험이 따르는 일입니다. 하지만 아무도 해보지 않은 방식을 성공적으로 시도하면 전에 없는 생산성을 얻을 수 있습니다.

포드 자동차의 창업자 헨리 포드는 역사상 처음으로 자동차 생산 과정에 컨베이어 벨트를 도입한 인물입니다. 컨베이어 벨트로 부품들이 공정 단계에 맞게 자동으로 이동하게 했죠. 그 결과 생산 속도가 급격히 빨라졌고 노동자들의 업무 과부하도 줄어들어 생산성이 향상됐습니다. 포드의 혁신적 아이디어는 생산성을 늘리겠다는 문제 상황을 설정하고 이를 전에 없던 방식으로 해결하려는 고민에서 나온 것이죠.

뇌와 창조성은 어떤 관계가 있을까요?

뇌과학 전문가들은 대부분 뇌에서 창조성을 담당하는 영역이 따로 있지 않다고 말합니다. 저 역시 이 의견에 동의하는데요. 창조성은 이미 가지고 있는 것을 얼마나 새롭게 활용하는가의 문제이기 때문입니다.

우리는 뇌에 담긴 다양한 정보들로 가상의 것을 조합하는 상상력, 세상의 모든 것에 호기심을 가지고 다가가는 관찰력, 전에 없던 방식에 대해 질문하는 혁신력을 이끌어냅니다. 뇌에서 일어나는 다양한 활동이 모두 창조성과 관련되어 있는 것이죠. 창조성은 지능지수와 같은 타고난 뇌의 능력에 좌우되지 않으며, 누구나 창조적 뇌를 가질 수 있습니다.

• • •

창조성은 이미 있는 것을 드러내는 것일 뿐이다.
신발을 좌우로 구분한 것도 불과 1세기 전의 일이다.

버니스 피츠기번, 마케팅 전문가

창조적 연결, 뇌 신경가소성

신경가소성이란, 뇌가 외부 자극에 반응하여 신경회로를 유연하게 변화시키는 특성을 말합니다. 신경회로끼리의 연결이나, 신경회로와 뇌의 다른 부분들 간의 연결은 창조성에 일정 부분 관여합니다. 시각적·청각적·감각적으로 새로운 자극에 노출되면, 뇌에서는 신경세포(뉴런) 간의 접합 부위인 시냅스를 통해 새로운 연결이 만들어집니다. 신경세포와 신경회로, 시냅스의 연결이 많고 단단할수록 우리의 창조력이 강해지죠. 뇌의 신경가소성은 적절한 자극만 지속적으로 주면 평생 재생된다고 하니, 참 다행이지 않나요?

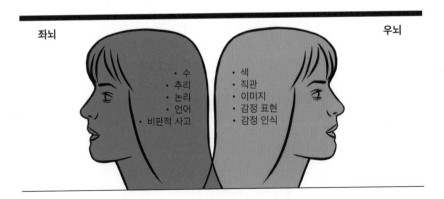

통합적으로 작용하는 좌뇌와 우뇌

우뇌는 일반적으로 시각적·공간적 정보 처리를 담당하고, 좌뇌는 언어와 논리를 담당합니다. 그러나 좌뇌와 우뇌의 기능은 완전히 분리되어 있는 것이 아니라 서로 정보를 교환하며 통합적으로 작용합니다.

아이디어의 형체

아이디어는 뇌의 연결망에 의해 만들어지며 여러 활동의 결과물로 나타납니다. 신경과학자 파라네 바르가 카뎀이 "우리는 기억력뿐 아니라 화술과 언어가 필요하다"라고 한 이유도 이 때문이죠. 카뎀은 이렇게도 덧붙였습니다. "생각은 순간적으로 생겼다가 사라진다. 따라서 생각을 포착하는 유일한 방법은 생각한 것을 이야기하고 글로 쓰고 물체로 표현하는 일이다. 인간은 생각을 표현해야 비로소 인간이 된다."

'아이디어idea'라는 단어는 '보는 것to see'이라는 의미의 고대 그리스어 '이데인idein'에서 유래했습니다. 그러니까 생각의 결과물은 눈으로 볼 수 있다는 의미죠. 실제로 어떤 생각을 하면 시냅스 연결이 만들어지며 뇌의 혈류가 증가하는데, 이는 MRI 영상을 찍으면 밝게 나타납니다.

우리는 유전적으로 뛰어난 재능이나 기술, 능력을 타고납니다. 절대음감이라든지, 빠른 달리기 실력 같은 것들 말이죠. 그러나 이 재능을 제대로 사용하지 않고 묵혀만 둔다면 성과나 결과물을 창조할 수 없습니다. 가지고 있는 것을 행동으로 끌어내는 것, 창조성이란 이런 관점에서 이해해야 합니다.

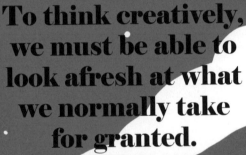

To think creatively, we must be able to look afresh at what we normally take for granted.

George F. Kneller

창의적인 사고를 하려면 일반적으로 당연시되는 것을
새로운 시각으로 볼 수 있어야 한다.

조지 F. 넬러, 《창의성의 기술과 과학》 저자

창조의 방해꾼들은
누구일까요?

자기 검열의 목소리

간혹 창작자들은 '난 못 해', '어차피 안 될 거야', '해봤자 얼마나 잘되겠어?' 같은 마음의 소리를 듣습니다. 자기 검열의 목소리들입니다. 만약 창조성을 발휘하려 할 때 자기 검열의 목소리들이 들려온다면, 기억해야 할 사실이 있어요. **창조성의 핵심은 도전에 있다**는 겁니다. 나는 할 수 없다는 생각은 도전을 가로막습니다. 그러면 아이디어를 실제 결과물로 구현해야 하는 창조에는 절대 이를 수 없죠.

도전을 하다가 계획한 대로 일이 잘 풀리지 않아도 괜찮습니다. 항상 성공할 수만은 없다는 사실을 인정하고 기꺼이 다른 해결법을 탐구해보려 노력한다면 답을 찾을 테니까요. 목적을 이루는 방식에는 정해진 길이 없고, 누군가의 길을 따라야 할 필요도 없습니다. 우리의 창조성을 방해하는 가장 큰 존재는 다른 사람들의 말보다 자기 내면의 목소리임을 잊지 마세요.

하던 대로만 하는 기능적 고착

자신만의 그 시각으로 세상의 모든 대상을 바라보고 판단하는 태도가 너무 굳어지면 사고방식에 점점 유연성이 사라집니다. 어떤 대상을 사용하는 방법이나 일을 처리하는 방식이 단 한 가지뿐이라고 생각하게 되는 겁니다. 이를 게슈탈트심리학에서는 **기능적 고착**이라고 부릅니다.

기능적 고착에 빠지면 생각이 제한되고 결국 창조성이 약해집니다. 이는 나이가 들수록 더욱 심해지죠. 예를 들어, 차 찌꺼기를 걸러내는 거름망을 처음 본 아이는 이게 어디에 쓰이는 물건인지 모르죠. 그래서 입에 대기도 하고, 바닥에 두드리기도 하면서 쓰임새를 탐색합니다. 그러다가 어른들이 찻잎을 걸러내는 모습을 보고 거름망의 용도를 알게 돼죠. 거름망의 용도를 이해하기 전까지 아이에겐 거름망이 장난감도 되고, 타악기도 됩니다. 반면 어른들은 거름망을 원래 용도대로만 사용할 뿐 색다른 도구로 사용해보지 않습니다.

창조적인 사람들은 자신을 둘러싼 세상에 항상 창조적으로 반응합니다. 파블로 피카소는 일상적인 물건으로 예술 작품을 만드는 파운드 오브제 방식을 통해 〈황소 머리〉라는 작품을 만들었습니다. 이 작품은 쓰레기에서 발견한 자전거 안장으로 소 얼굴을, 손잡이로 뿔을 만든 오브제인데요. 이렇게 상식을 깬 사용법으로 창작하는 과정은 기능적 고착을 벗어난 좋은 사례라 할 수 있습니다.

실패에 대한 두려움

작가의 벽이라는 말이 있습니다. 글 쓰는 사람들이 소재나 스토리가 떠오르지 않아 괴로워하는 슬럼프를 의미합니다. 비슷한 말로 **백지 공포증**도 있는데요. 글을 쓰기 전 하얀 종이나 빈 모니터를 보고 무엇을 쓸지 몰라 두려움을 느끼는 증상입니다. 창조성을 방해하는 이런 두려움은 어디에서 오는 걸까요?

Creativity is something we can all improve at ... it's about daring to learn from our mistakes.

James Dyson

우리는 모두 창조력을 키울 수 있다.
그리고 이 능력은 때론 과감한 실패를 통해서 얻게 된다.

제임스 다이슨, 다이슨사 창업자이자 발명가

Failure is built into creativity … the creative act involves this element of 'newness' and 'experimentalism', then one must expect and accept the possibility of failure.

Saul Bass

창조성에는 실패가 포함되어 있다.
창조적 행위는 '생소함'과
'실험주의' 같은 요소가 담긴다.
그러므로 실패의 가능성을 예상하고
받아들여야 한다.

솔 바스, 시각디자이너

성공을 확신할 수 없는 일을 시도할 때, 다른 사람들로부터 인정받지 못하고 심하면 비웃음거리가 될 수 있다는 생각이 더욱 우리를 두렵게 만듭니다. 사람은 누구나 비웃음거리가 되거나 무시받고 싶지 않죠. 또한 세상으로부터 인정받고 싶어 합니다. 그래서 처음부터 더욱 완벽하려 하고 그 바람에 괴로워지는 겁니다. 그러나 이런 강박적 태도는 백지를 두려움의 대상으로 만들고, 그 안에서 자신의 무한한 창조성을 표현할 수 있다는 가능성은 보지 못하게 할 뿐입니다.

완벽에 대한 집착

창조성이 탐구의 과정임을 기억한다면, 세상에 완벽한 것은 없다는 사실을 깨달을 수 있습니다. 창작을 하면서 완벽하지는 않아도 적당히 괜찮은 상태에 도달하는 경우가 많고, 그 결과를 바탕으로 더 나아가는 일도 수없이 많습니다.

완벽이란 것은 다른 사람의 기준에 따라 판가름 나는 개념이죠. 그래서 완벽이 곧 창조성의 제한으로 귀결되는 경우가 종종 발생합니다. 예술 작품의 가치를 판단하는 기준이 레오나르도 다빈치의 작품밖에 없다고 가정해볼까요? 기준이 하나이니 평가는 완벽하게 나올 겁니다. 다만, 우리가 접할 수 있는 예술 작품은 그다지 다양하지 않을 테죠.

완벽에 대한 집착을 뛰어넘으세요. 결과물보다 과정에 초점을 두면 완벽을 포기할 수 있습니다. 과정이 즐거우면 결과물도 만족스러워진다는 걸 잊지 마세요.

창조적 방식이란
무엇일까요?

문제의 답을 찾는 사고에도 더 창조적인 방식이 존재합니다. 그러나 우리는 어쩔 수 없이 특정한 사고방식을 고수하게 됩니다. 그게 더 편하거든요. 하지만 경직된 사고방식은 창조성을 패턴이란 감옥 안에 가둡니다.

더 창조적으로 사고하는 방식은 연습을 통해 발전시킬 수 있어요. 인지행동치료 효과가 입증했듯이, 우리는 굳어진 사고방식에 변화를 줄 수 있습니다.

수렴적 사고

수렴적 사고는 문제를 해결하기 위해 가장 안전하고 확실한 하나의 대안을 찾는 사고방식입니다. 수학이나 과학처럼 확실한 답이 있는 문제를 다룰 때는 매우 효과적이지만, 모호함을 허용하지 않고 문제와 관련 없는 것에는 관심을 두지 않아 창조성을 발휘하는 데는 한계가 있습니다.

확산적 사고

확산적 사고는 문제의 답이 여러 개 있을 때 유용한 사고방식입니다. 다만, 모든 사람이 확산적 사고에 능숙하지는 않으며 하나의 답을 찾는 과정이 아니어서 결론을 내기까지 시간이 오래 걸릴 수 있어요. 확산적 사고를 잘 활용하면 획기적인 아이디어를 얻는 데 도움이 됩니다. 확산적 사고에는 평소 쌓은 지식과 아이디어를 통해 얻은 직감이 많이 관여합니다.

수렴적 사고와 확산적 사고의 융합

수렴적 사고는 삼각형 내각의 합을 구하는 데 좋은 방식이고, 확산적 사고는 노끈 하나로 할 수 있는 10가지 일을 생각하는 데 좋은 방식입니다. 그렇다고 확산적 사고만이 창조력을 이끌어내는 건 아닙니다. 수렴적 사고와 확산적 사고를 통합적으로 활용하는 것이 가장 좋죠. 혼자 일하는 것보다 팀을 조직해 일하는 것이 효과적인 이유도 여기 있습니다. 여러 사람의 지식과 경험, 정보를 모을 수 있을 뿐 아니라 수렴적 사고와 확산적 사고를 두루 활용할 수 있으니까요. 그러나 혼자여도, 두 사고방식의 차이를 이해하고 활용한다면 충분히 창조성을 발휘할 수 있습니다.

창조의 숙성, 인큐베이션

인큐베이션incubation은 '배양, 부화'라는 뜻으로 알이 부화
되길 기다리는 과정을 의미합니다. 심리학자들은 창조적인
사고를 할 때 인큐베이션 단계를 거친다고 하는데요. 이는
마음속에 생각을 품고 아이디어를 숙성시키는 기간이 있
다는 뜻입니다.

창조적 사고는 총 네 단계로 분류됩니다. **준비 단계, 인큐베
이션 단계, 통찰 단계, 평가 단계**죠. 준비 단계에서 만들어
진 초기 아이디어 씨앗은 창조성이 '휴식기'에 있는 인큐베
이션 단계에서 통찰력과 직관을 흡수하여 싹을 틔웁니다.
인큐베이션을 거쳐 나온 해결책은 통찰 단계를 거쳐 문제
해결에 적용하거나 평가합니다.

해결책을 찾을 때 너무 오랫동안 끙끙대는 건 오히려 역효
과를 불러온다는 걸 기억하세요. 만일 진도가 안 나간다면
다음 단계가 찾아올 때까지 휴식기를 가지는 게 낫습니다.

당신의 창조성은
어떤 유형인가요?

창조성은 표현할 수 있는 방법도 다양하고 접근 방식도 여러 가지입니다. 정보를 어떻게 인식하고 처리하고 조직하는지에 따라 천차만별이죠. 정보 처리 방식에 따른 창조성의 유형은 크게 시각형, 청각형, 촉각형으로 나눌 수 있습니다. 여러분이 어떤 유형인지를 이해한다면 창조성 발휘에 더욱 도움을 얻을 수 있습니다.

• • •

창조성을 키우는 비결을 한 가지만 꼽자면, 나만의 재능을 찾아 꾸준히 발전해나가는 것이다.
모든 사람은 특출한 재능이 있다.
그 재능을 발견하고 소중하게 생각하고 꾸준히 키워나가는 것에서 창조성은 시작된다.

데니스 셰커지안, 《슈퍼 천재들》의 저자

시각형

자연 풍경, 그림, 사진과 같은 시각 정보에 반응이 강한 사람들은 표현 역시 시각을 활용한 방식을 선호합니다. 시각형 창작자는 새로운 아이디어가 떠오르면 바로 종이를 찾아 끄적거릴 때가 많죠.

청각형

청각 정보에 민감한 창작자들은 소리에서 영감을 자극받습니다. 록, 클래식, 재즈, 합창, 랩 등 창작을 할 때 특정 장르의 음악을 들으면 창조성이 더 잘 발휘되는 경향이 있습니다.

촉각형

신체를 이용해 움직이고 만지고 느끼는 활동에서 창조적 자극을 얻는 유형입니다. 창작 무용, 운동과 같이 몸을 움직이는 것은 물론이고 손을 이용하는 수공예, 요리, 서예 등도 촉각형 창작자가 영감을 얻는 활동들입니다.

유형의 혼합

자신이 어떤 유형의 창조성을 선호하는지 이해하면 창조성을 더욱 폭넓게 펼칠 수 있습니다. 그러나 중요한 건, 자신이 선호해온 창조성을 벗어나는 순간에 비로소 더 창조적인 사람이 될 수 있다는 점이죠.

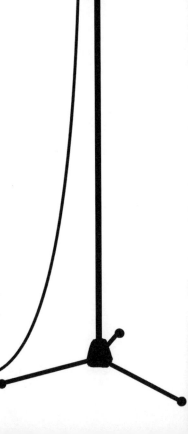

세 가지 창조성 유형들은 서로 영향을 주고받으며 발전합니다. 창작 무용은 음악에 영향을 받아 발전되는 경우가 많고, 균형미 넘치는 도자기는 도공의 시각적 안목과 뛰어난 손 감각에 의존해 탄생하며, 상상력이 풍부한 글은 시각으로 받아들인 이미지를 생생하게 전달하며 완성됩니다. 그러므로 특정 유형의 창조성을 더 선호하더라도 그 한 가지에 너무 집착해선 안 되겠죠?

**To be truly inspired,
you must learn to trust your
instinct, and your creative
empathy ... Without those,
you can still give a good,
technically correct
performance – but it will
never be magical.**

Tamara Rojo

진정 영감을 받고자 한다면 당신의 본능과 창조적 공감 능력을 믿어라.
그러지 않으면 기술적으로 완벽한 연기는 할 수는 있어도
환상적인 무대는 만들 수 없다.

타마라 로조, 영국 국립발레단 예술감독이자 수석 발레리나

창조성 지수 테스트

창조력을 키우고 싶다면 현재 자신이 얼마나 창조적인 사람인지, 창조력을 발휘해야 하는 문제에 어떻게 다가가는지를 알아보는 것도 좋습니다. 다음 질문들에 답하면서 여러분의 창조성 정도를 파악해보세요.

› **자신이 얼마나 창조적인 사람이라고 생각하나요?**

❶ 매우 창조적이다.
❷ 필요한 상황에서 적당히 창조적이다.
❸ 별로 창조적이지 않다.

› **할 일 없이 시간을 보낼 때 어떤 기분이 드나요?**

❶ 행복하다.
❷ 항상 할 일이 있다.
❸ 심심하다.

› **당신에게 가장 영감을 주는 것은 무엇인가요?**

❶ 내 머릿속 세상
❷ 주변 현실 세상
❸ 별로 없다.

› **사람들이 당신을 어떻게 생각하는지가 중요한가요?**

❶ 중요하지 않다. 나의 자존감이 더 중요하다.
❷ 몇몇 사람들의 생각은 중요하다.
❸ 그렇다.

› **다음 중 가장 동기부여가 되는 것은 무엇인가요?**

❶ 즐거움을 얻는 것
❷ 일을 끝내는 것
❸ 보수를 받는 것

› **반복적인 일을 좋아하나요?**

❶ 아니다. 지겹게 느껴진다.
❷ 어떤 일이든 잘 적응할 수 있다.
❸ 그렇다. 잘 아는 일을 하는 것이 좋다.

› **운동은 얼마나 자주 하나요?**

❶ 가능한 매일 밖에서 산책한다.
❷ 시간이 날 때는 한다.
❸ 바빠서 운동할 시간이 없다.

› **다음 중 어떤 일이 가장 위험하다고 생각되나요?**

❶ 낙하산을 매고 비행기에서 뛰어내리는 것
❷ 특이한 아이디어를 시도하는 것
❸ 안전모를 쓰지 않고 자전거를 타는 것

> 나중에 은퇴를 하고 나면 어떻게 살고 싶나요?

❶ 은퇴하지 않을 것이다.
❷ 지금은 시간이 없어 못 하는 창작 활동을 하고 싶다.
❸ 해변에 누워 지내고 싶다.

> 일상적으로 만나는 직장 동료, 학교 친구, 가족 외의 낯선 사람들과 어울리는 자리에 얼마나 자주 나가나요?

❶ 기회만 된다면 참가해 적극적으로 어울린다.
❷ 가끔 참가하지만 한번 만난 사람과는 자주 만나려고 노력한다.
❸ 전혀 참가하지 않는다.

❶을 가장 많이 고른 사람

일에서나 일상에서나 항상 창조력을 발휘하려는 성향입니다. 현재 창조성이 극히 필요한 분야에서 일하고 있지 않다면, 이직이나 전직을 한번 고려해봐도 좋을 듯합니다. 혹은 현재 일에서 창조성을 더 발휘하길 추천해요. 머릿속의 아이디어를 현실로 구체화하는 노력을 계속해보세요.

❷를 가장 많이 고른 사람

노력에 따라 잠재된 창조성이 꽃필 수도, 시들 수도 있는 상태입니다. 융통성이 뛰어나 창조적 아이디어를 받아들이고 발전시킬 능력이 있네요. 지금 당장 일에서나 삶에서 창조성을 발휘할 필요가 없다고 생각하고 있을 가능성이 높은데, 창조성의 중요함을 인식하고 계발해보는 건 어떨까요?

❸을 가장 많이 고른 사람

일을 하거나 일상생활을 하면서 대부분 창조성을 목적을 이루는 수단으로만 보고 있네요. 만일 창조성을 계발하고 싶은데 그 방법을 모르는 상황이라면 마음을 열고 창조성을 발휘할 수 있는 활동을 가볍게 시작해보세요. 미술관에 가서 둘러보고, 새로운 사람을 만나며, 인기 소설을 읽는 등 지금껏 해보지 않은 경험을 하면 충분합니다.

창조성은 어떻게
키울 수 있을까요?

'x+y=creative' 창조성에 이런 공식이 있다면 얼마나 좋을까요? 아쉽지만 현실은 그렇지 않죠. 그렇다면 창조성을 어떻게 발견할 수 있을까요?

창조성에는 외적 자극 못지않게 내적 변화도 중요합니다. 개인의 창조성은 내적 변화가 일어날 때 가장 발전하죠. 관심이 있던 사람, 물건, 장소에 더욱 적극적으로 빠져드세요. 때론 기존의 사고방식에서 벗어나고, 관심 밖에 있던 것들에게도 시선을 돌려보고요. 창조성은 상상력과 관련이 깊은데, 상상은 낯선 경험을 할 때 가장 빛나거든요.

• • •

인생은 에너지로 가득하며, 그 에너지는 창조력이다.
우리의 몸은 세상을 떠나도 창조의 에너지는 예술 작품 속에 남아
또 다른 이와의 만남을 끊임없이 기다린다.

메리앤 무어, 시인

사실 창조성을 발견하고 자극하기 위해 따로 시간을 낼 필요는 없습니다. 일상 속에서 충분히 창조성을 키울 수 있죠. 출근하고 등교하는 시간에 동기부여가 되는 팟캐스트를 듣거나 얇지만 내용이 알찬 책을 읽어보세요. 잠들기 전 일기를 써보는 것도 좋습니다. 일기는 나를 둘러싼 세상을 창조의 대상으로 바꾸어 볼 수 있게 합니다.

처음 보는 사람들과 만날 기회가 생기면 적극적으로 말을 거세요. 다른 사람과의 대화는 우리를 우물 깊은 곳에서 넓은 세상으로 꺼내주니까요. 클래식 음악만 들어왔다면, 재즈도 들어보세요. 록도 좋습니다. 때론 정식 음원이 아닌 라이브 실황 음원을 듣는 것도 추천합니다. 관점을 변화하고 마음을 여는 방법은 이토록 무궁무진합니다.

안전지대는 우리의 불안감을 없애주지만 너무 오래 안전지대에만 머무르면 창조성 역시 재미가 없다며 떠나버립니다. 매번 위험을 향해 뛰어들란 말은 아니에요. 지금 여러분이 선 자리에서 한 걸음씩만 더 나아가 조금씩 한계를 넓히라는 말입니다. 적극적인 탐구가 없으면 내가 정말로 좋아하는 것이 무엇인지, 어떤 능력이 있는지, 나의 창조성은 어떤 색인지 알 수 없습니다.

내 손 안의 창조성

오늘도 여러분은 손에서 스마트폰을 놓지 않았을 겁니다. 스마트폰에는 멋진 사진을 창조할 수 있는 뛰어난 카메라가 달려 있죠. 그러나 인스타그램에 올릴 셀카나 음식 사진을 찍는 거 외엔, 우리는 이 카메라를 창조적으로 사용할 줄 모릅니다.

색다른 시도를 해볼까요? 사진전에 가서 다른 사람들이 카메라로 뭘 담아냈는지 감상해보세요. 그리고 여러분도 주변을 찍어보세요. 요즘은 스마트폰 사진으로 에세이를 출간하는 작가도 많습니다. 자신만의 스마트폰 작품전을 완성했다면 필름 카메라에도 도전하세요. 현대 사진작가 다프나 탈모는 원본 필름을 현상하기 전, 찍은 풍경 중에서 인공물은 모두 잘라내고 필름 조각을 이어 붙여 독특하고 아름다운 자연 풍경을 창조해내죠. 같은 걸 찍어도 결과물은 이렇게 독창적일 수 있습니다.

간편한 메모 앱을 활용해 매일 100자씩 써서 1년간 36,500자의 글 한 편을 완성할 수도 있습니다. 스마트폰으로도 얼마든 창조 활동을 할 수 있다는 걸 기억하세요.

When my daughter was about seven years old, she asked me one day what I did at work. I told her I worked at the college ... that my job was to teach people how to draw. She stared at me, incredulous, and said, "You mean they forget?"

Howard Ikemoto

딸이 일곱 살쯤 되었을 때, 내게 나의 일이 뭔지 물어 왔다.
나는 대학에서 그림 그리는 법을 가르친다고 했다.
그러자 딸은 못 믿겠다는 듯 나를 빤히 쳐다보며 물었다.
"아빠의 제자들은 그림 그리는 법을 잊어버렸대요?"

하워드 이케모토, 교수이자 그림작가

호기심이 창조력이
될 수 있을까요?

창조성의 가장 중심에는 호기심이 자리합니다. 모든 발명의 순간마다 창조적 발명가들은 이런 질문을 떠올렸죠. '왜 저렇게 되는 걸까? 다른 방법은 없는 걸까?' 호기심과 의문이 없으면 창조적 생각은 나올 수 없습니다.

질문하기

아이들은 알고 싶은 게 있으면 고민하지 않고 질문합니다. 호기심을 해결하기 위해 스스로 탐구하다 막히면 선생님이든, 부모님이든, 지나가던 어른이든 아무나 붙잡고 묻죠. 그러나 나이가 들수록 우리는 질문을 하지 않습니다. 물론 '호기심이 고양이를 죽인다'는 말처럼 무례한 질문은 삼가야겠지만, 질문 자체를 하지 않으면 창조성이 죽는다는 사실을 기억해야 합니다.

• • •

**나는 종종 글을 쓰기 전에, 내 글의 결말을 읽고 독자들이 어떤 감정을 느꼈으면 하는지를 생각한다.
그리고 독자들이 왜 그런 감정이 들었을지를 스스로에게 묻는다.
그러다 보면 이야기의 시작이 자연스레 풀린다.**

루시 프레블, 극작가

관찰하기

어떤 질문에 대한 답을 찾으려면 세밀하게 관찰하여 정보를 모아야 합니다. 정보를 얻고자 하는 대상이 어떻게 보이는지, 어떤 촉감인지, 어떤 소리를 내는지 등을 꼼꼼히 관찰하는 거죠. 이 과정에서 스스로에게나 타인에게 질문을 던지게 되고, 이로 인해 호기심을 일어나며 또 채워집니다.

모나리자를 다시 보면 보이는 것들

창조성은 아무것도 없는 상태에서 구체화하기 힘듭니다. 주변 세계에 호기심을 갖고 관찰해야 창조성도 싹을 틔우고 무럭무럭 자라나죠. 하루 10분이라도 세상을 둘러보고 호기심을 가져보세요. 한번 연습해볼까요? 레오나르도 다빈치의 〈모나리자〉를 떠올리며 다음 질문들에 답을 생각해보세요.

> 이 그림은 왜 유명할까요?
> 그림 속 여자는 누구일까요?
> 여자의 표정은 어때 보이나요?
> 이 그림은 언제 그려졌을까요?
> 그림은 어떤 표현 기법이 사용되었나요?
> 화가가 말하고자 하는 '이야기'는 뭘까요?
> 화가가 그 표현 기법을 사용한 이유가 뭘까요?

질문에 대한 답을 고민하는 순간, 우리의 호기심이 1cm 더 자랐습니다. 어쩌면 여러분 중 누군가는 독창적 아이디어가 떠올랐을지도 모르겠네요.

I'm driven by my curiosities.

Ilse Crawford

호기심이 나의 원동력이다.

일스 크로포드, 인테리어 디자이너

창조적 정신이란
무엇일까요?

정신적으로 항상 깨어 있는 건 불가능합니다. 그럴 필요도 없고요. 고대 로마 시인 오비디우스가 말했듯이 인간은 쉴 땐 푹 쉬어야 합니다. 마음에 여유를 가지고 자유롭게 상상력을 발휘할 때 창조성은 오히려 활발히 움직이니까요.

15분간 아무것도 하지 않기

어떤 사람들은 지루함을 경험하지 못합니다. 지루함을 못 느낀다는 게 아니라 타고난 혹은 학습된 능력으로 비어 있는 시간에 몸을 맡긴 채 사색할 수 있다는 의미입니다. 이런 사람들에겐 특별히 하는 일 없이 보내는 시간이 창조적 자극제에 가깝습니다.

《아티스트 웨이The Artist's Way》의 저자 줄리아 카메론은 하루에 15분간은 아무것도 하지 말라고 조언했습니다. 종교에서 말하는 명상을 권하는 것 같지만, 그것과는 좀 다른데요. 정말 순수하게 '아무것도 하지 않고' 시간을 흘려보내라는 의미입니다. 처음엔 쉽지 않을 겁니다. 우리는 깨어 있는 매 순간을 의식적 활동으로 채워야 한다는 강박이 있기 때문이죠. 그러나 가만히 앉아 머리에 개연성 없이 떠오르는 생각들이야말로 창조력의 원천이 됩니다.

• • •

네펠리바타(nefelibata):
[명사] 구름 속에 사는 사람, 몽상가, 자신의 상상이나 꿈속에서 사는 사람,
사회적 · 문학적 · 예술적 관습을 따르지 않는 사람

가능성 탐색의 시간, 공상

공상에 잠기면 상상의 한계가 무너지며 마음껏 생각이 펼쳐집니다. 하나의 생각에 날개를 달아 여러 가능성을 탐색하는 것, 생각의 싹을 짓밟지 않고 긍정적으로 계속 성장시키는 것, 생각의 가능성을 마음의 눈으로 보는 것, 무언가를 완성하기 위해 해야 할 일들을 자유로이 연상하는 것. 이 모든 과정이 창조성을 키우는 공상의 세계를 이룹니다.

**Daydreaming is quite necessary.
Without it, the mind couldn't
get done all the thinking it has to do
during a normal day ...
You can't possibly do all your thinking
with a consciousness
(that is constantly distracted).
Instead, your unconscious mind is
working out problems all the time.**

Leonard Giambra

공상에 잠기는 시간은 꼭 필요하다. 공상하는 시간이 없다면,
일상적 생각도 전부 처리할 수 없다. 모든 생각을 의식적으로 처리할 수는 없다.
의식은 끊임없이 방해를 받기 때문이다.
그래서 무의식이 대신 문제를 처리할 때도 있다.

레오나드 지암브라, 심리학자

네 가지 뇌파

뇌파에는 크게 네 종류가 있습니다. 각각의 뇌파는 개별적으로 또는 다른 뇌파와 합쳐져 창조성에 영향을 줍니다.

› **베타파:** 일에 집중할 때, 스트레스를 받을 때 주로 나오는 뇌파
› **알파파:** 의식은 깨어 있지만 긴장은 풀린 상태에서 나오는 뇌파
› **델타파:** 깊은 수면에 빠질 때 나오는 뇌파
› **세타파:** 수면과 깨어 있는 상태의 중간일 때 나오는 뇌파

뇌파는 자동차의 기어에 비유할 수 있습니다. 델타파는 1단, 세타파는 2단, 알파파는 3단, 베타파는 톱 기어입니다. 각 뇌파는 상태에 따라 활성도가 다르게 나타납니다. 세타파는 공상에 잠길 때, 알파파는 창의력과 통찰력을 발휘할 때 특히 활성화되죠.

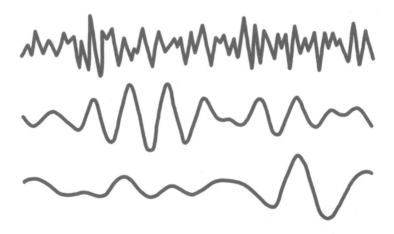

생각을 숙성하는 미루는 습관

보통 오늘 할 일을 내일로 미루는 습관을 나쁘다고 여깁니다. 하지만 때로는 미루는 시간 속에서 생각이 숙성되기도 합니다. 미뤄진 시간만큼 아이디어들을 고민하고, 다듬고, 더 효과적으로 구상하는 시간을 버는 셈이니까요.

할 일을 미루는 건 동력을 쓰지 않고 관성의 힘으로 천천히 움직이는 것과 같습니다. 가속 페달에서 발을 떼는 것과 브레이크를 밟는 것은 엄연히 다른 동작이죠. 그러므로 여유를 갖고 때론 할 일의 틈바구니에서 빠져나올 줄 알아야 합니다. 영원한 멈춤이 아닌 일시정지의 여유를 가져보세요.

여유는 창조성의 필요조건

우리는 일을 하면서 때로는 따분함을 느끼고 싫증을 냅니다. 그래서 종종 창밖을 바라보며 무의식중에 공상에 빠지기도 합니다. 이 모습을 보고 누군가는 시간 허비라고 하겠지만, 창조성의 측면에서 본다면 상상의 나래를 활짝 펼치는 창조성 발견의 시간이라고 할 수 있습니다.

창조적 영감이란
무엇일까요?

신이 주는 도움의 손길, 영감

창조의 계기가 되는 기발한 착상, 또는 자극을 의미하는 단어 '**인스피레이션**inspiration'은 '신의 도움divine guidance'을 의미하는 라틴어에서 유래했습니다. 인스피레이션, 즉 영감은 어느 순간 갑자기 예기치 않게 찾아오는 경우가 많아서 마치 신이 지켜보다 도움의 손길을 건넨 것 같다고 생각한 듯합니다. 어원에서 알 수 있듯 영감은 외부와 단절된 상태에서는 받기 힘듭니다. 또 인스피레이션에는 '숨을 들이쉬다'라는 뜻도 있는데, 이는 영감이 창조성에 생명을 불어넣어준다는 점에서 연관성을 알 수 있습니다.

바깥으로의 탐험

창조적인 글을 쓰고 싶다면 다른 사람의 글을 읽어봐야 합니다. 독창적인 그림을 그리려면 다른 사람의 그림을 감상해야 하고요. 또 독특한 곡을 만들고 싶다면 다른 사람의 곡을 들어봐야 합니다.

세상에 창작의 방식은 무한하고 각각의 독특한 방식이 존재합니다. 여러분에게도 역시 그런 방식이 존재할 겁니다. 다만 그걸 알아차리기 위해선, 자신에게 유의미한 영감을 얻을 때까지 다른 이들의 창조물을 살펴야 하죠.

Inspiration exists,
but it must find you working.

Pablo Picasso

영감은 존재한다. 다만, 찾아야만 만날 수 있다.

파블로 피카소

창조의 디딤돌, 모방

초보 창작자는 어쩔 수 없이 약간의 모방을 합니다. 어떤 활동이든 처음 배울 땐 다른 사람을 그대로 따라 하며 기술을 익혀야 하니까요. 그러나 어느 정도 기본기를 갖추고 나면 자신만의 독창성을 발휘해야 합니다. 이때의 독창적 생각들은 직접적 모방은 아니지만 과거 받은 영감을 동경의 대상으로 삼아 발전한 것입니다.

모방은 창조의 수단입니다. 모방이 새로운 것을 시작하는 방법이자, 더 위대한 창조력을 발휘하기 위한 디딤돌인 셈입니다. 서양미술사를 보면 추상파, 입체파, 표현주의, 인상주의, 야수파, 사실주의, 낭만주의, 아르 데코 등 시대마다 흐름이 존재합니다. 각 형식에 속하는 많은 화가들은 공통된 철학과 목표를 가지고 있죠. 같은 철학과 목표를 갈망하는 화가들은 서로의 작품에 영감을 얻고 주면서, 공통되지만 개별적인 자신의 작품을 창작해냈습니다.

• • •

세상에 완전히 독창적인 것은 없다. 영감을 일으키거나 상상력을 자극하는 것이 있다면
무엇이든 훔쳐라. 영화, 음악, 책, 그림, 사진, 시, 꿈, 옆 테이블의 대화, 건축물,
거리의 간판, 나무, 구름, 바다와 호수, 빛과 그림자를 열심히 탐색하라.
오직 당신의 영혼에 말을 거는 존재에서만 훔칠 것을 선택하라.
그러면 훔친 것이 곧 진짜가 될 것이다. 독창성보다 중요한 것은 진정성이다.

짐 자무쉬, 영화감독

새로운 아이디어는
어디에서 올까요?

창조를 하려면 먼저 아이디어를 떠올려야 합니다. 근데 말이야 쉽지, 아이디어를 생각해내는 건 어려운 일이죠. 하지만 괜찮습니다. 방법만 알면 아이디어를 떠올리고 이를 결실로 맺을 수 있으니까요.

경험 중독자로 살기

아이디어의 단초가 되는 인스프레이션에는 숨을 들이쉰다는 의미가 있다고 앞서 말씀드렸습니다. 숨은 생명 유지에 필요한 것을 몸 밖에서 얻는 행위죠. 이 사실을 이해하면 아이디어 역시 우리가 외부로부터 받는 자극들을 통해 떠오른다는 걸 알 수 있습니다. 이 자극은 익숙한 것은 물론 낯선 것까지 모두 아우릅니다. 늘 클래식을 듣는다면 클래식 듣는 시간을 계속 유지하되 때론 힙합도 들어보고 대중가요도 들어보는 겁니다. 좋아하는 화가가 보티첼리라면 프랭크 아우어바흐의 그림도 찾아보고요.

변신의 귀재, 혁신의 대명사 데이비드 보위는 특이한 예술품을 수집하고, 다양한 책을 읽고, 수많은 장르의 음악을 접하며 끊임없이 새로운 경험을 접했습니다. 그는 경험에 한계가 오면 창조성에도 한계가 온다는 걸 알았던 것입니다.

• • •

나는 여기저기 쪼아대는 까치처럼 주변에 있는 모든 것에서 영감을 찾는다.
모든 것에 늘 주의를 기울이고 관찰한다. 거리를 거니는 사람들도 보고,
비치된 영화 팸플릿도 모조리 본다. 편식 없이 책을 읽고, 사람들과 다양한 주제로 대화한다.
일상에서 마주치는 모든 사소한 것들을 날카로운 시선으로 관찰하라.
언젠가 아이디어가 될 나만의 스크랩북을 만드는 일이 될 것이다.

아이작 줄리언, 예술가

사전 조사

팀 프로젝트를 하거나 공모전에 참여할 때처럼, 특정한 지침에 따라 아이디어를 내야 할 때가 있습니다. 이럴 땐 먼저 따라야 할 요구 사항이 무엇인지 정확히 아는 것이 중요하므로 아이디어를 내기 전 사전 조사가 필수입니다. 해결해야 할 문제가 정확히 무엇인지, 예상되는 위기나 제약이 있는지, 이 일에 관련된 사람들은 누구인지 등을 살펴보아야 합니다. 애매한 부분은 질문을 통해 정확한 답을 얻고, 중요한 사항은 반드시 메모해둡니다. 창조성은 머릿속에서 알아서 만들어져 나오는 게 아니죠. 때로는 사전 조사를 철저히 해 필요한 요소를 조직하고 반영하는 과정에서 도출되기도 함을 기억하세요.

위대한 생각을 만드는 걷기

1889년, 철학자 니체는 "모든 위대한 생각들은 걷는 동안 나온다"라고 했습니다. 그의 말대로 책상 앞에 앉아 머리를 싸맨다고 아이디어가 떠오르는 건 아닙니다.

2014년 스탠퍼드대학교에서도 그와 비슷한 맥락의 연구 결과를 발표했습니다. 연구진에 따르면, 걷기는 창조성을 높이는 데 확실히 효과가 있다고 합니다. 그러나 연구진들은 걷기 위해 밖으로 반드시 나가라는 말은 아니라고 덧붙였는데요. 실내에서 러닝머신으로 걸어도 창조성이 증진되는 효과가 있었기 때문입니다. 이를 보면 창조성과 걷기는 걸으며 보는 풍경이 무엇인지(시각적 인지)보다 움직이고 있다는 그 자체(신체 활동 인지)에 의해 연관이 생김을 알 수 있습니다.

Ideas are like rabbits. You get a couple and learn how to handle them, and pretty soon you have a dozen.

John Steinbeck

아이디어는 꼭 토끼 같다.
토끼 키우는 법을 배우고 암수 한 쌍을 데려오면
곧 수십 마리로 늘어나니까.

존 스타인벡, 소설가

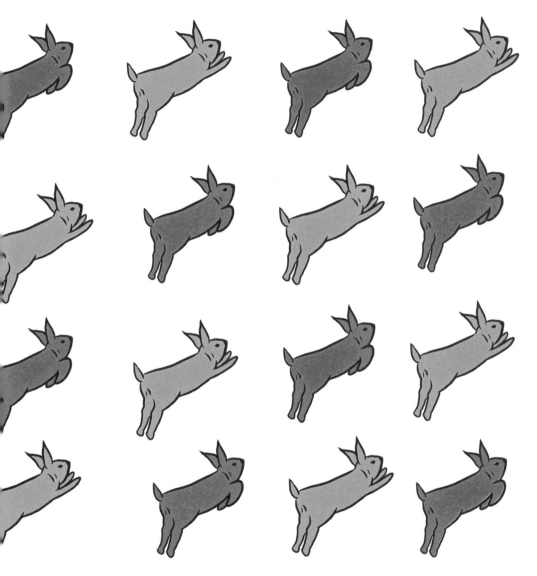

걷기 효과는 걷기를 끝내고 다시 책상 앞에 앉았을 때도 이어집니다. 스탠퍼드대학교의 연구에 참여했던 매릴리 오페조 교수는 이런 결론을 내렸습니다. "걷는다고 전부 미켈란젤로가 될 수 있다는 말은 아닙니다. 하지만 걷기는 분명 창조성 발달에 도움이 된다."

The little images that I get from sitting alone in my apartment – the way the light is falling through the window; the man I just saw walk by on the other side of the street – find their way into snatches of lyrics. I write in short spurts – for five, 10, 15 minutes – then I pace around the room, or go and get a snack.

Martha Wainwright

창문을 뚫고 들어오는 햇살, 건너편 길가에서 바삐 걸어가는 남자.
집 안에 홀로 앉아 창밖으로 보이는 소소한 풍경들을 보며 나는 가사를 쓴다.
쓰는 시간은 5분, 10분이면 족하다. 그러다 문득 자리를 털고 일어나 밖으로 나간다.
그리고 천천히 걷다가 가볍게 배를 채우고 돌아온다.

마사 웨인라이트, 싱어송라이터

I begin with an idea, and then it becomes something else.

Pablo Picasso

나는 아이디어를 떠올리며 작업을 시작한다.
그리고 아이디어는 곧 무언가로 창조된다.

파블로 피카소

창작에 공간이
중요할까요?

창조적 작업을 위해 가장 먼저 필요한 공간은 마음속과 머릿속입니다. 모든 창조는 마음과 머리에 창조의 공간을 갖추는 데서 출발합니다.

스스로를 신뢰하기

내면에서 들려오는 부정적인 목소리를 무시할 수 있는 상태, 나는 창조성을 발휘할 수 있다고 믿는 상태. 이것이 창조에 필요한 마음 상태입니다. 영감이 떠오르는 순간은 내 마음대로 조절할 수 없습니다. 그래서 항상 준비된 자세가 필요하죠. 스스로에게 신뢰가 있고 굳건한 마음 상태를 준비하는 것이 바로 영감을 받아들이는 첫걸음입니다.

자기만의 방 창조하기

버지니아 울프의 책 제목처럼 우리는 '자기만의 방'이 필요합니다. 울프는 1928년 케임브리지대학교의 여자 칼리지인 뉴넘과 거튼에서 두 차례 강연을 했는데, 이 강연을 토대로 《자기만의 방》이라는 책을 썼습니다. 울프는 여성이 글을 쓰고자 한다면 돈과 자기만의 방이 있어야 한다고 주장했는데요. 여기서 말하는 자기만의 방이란, 물리적 공간뿐 아니라 시간 혹은 정신적으로 독립할 수 있는 무형의 공간까지 아우릅니다.

나만의 스타일로 창조력을 발휘하고 싶다면 자신만의 공간부터 창조해야 합니다. 화가라면 독립된 스튜디오 같은 곳일 텐데, 이런 공간을 집에 만들어도 되고 여유가 된다면 돈을 내고 빌려도 좋습니다. 정 어렵다면 다른 화가의 스튜디오에 더부살이라도 하면 됩니다. 이 모든 물리적 환경이 뒷받침되지 않아도 괜찮습니다. 그림에 집중할 수 있는 마음의 공간만 넉넉하다면 베란다 한쪽의 작은 공간에서도 창작이 가능하니까요.

중요한 건, 자신에게 어떤 공간이 필요한지는 본인이 직접 알아내야 한다는 것입니다. 남에게 맡기지 말고 스스로 준비하세요.

창조도
연습이 될까요?

숯 연습을 하지 않고 농구를 잘할 수 없듯이, 창조도 연습이 필요합니다. 창조성은 매일 규칙적으로 단련해야 단단해지며, 연습할수록 자신감이 붙습니다. 창조에 자신감이 왜 중요하냐고요? 도전의 기회를 차단하는 타인의 비난, 간섭, 실패에 대한 두려움으로부터 스스로를 보호하는 무기이기 때문입니다.

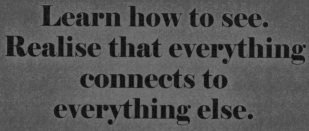

**Learn how to see.
Realise that everything
connects to
everything else.**

Leonardo da Vinci

관찰하는 법을 배우고
만물은 서로 연결되어 있다는 사실을 깨달아라.

레오나르도 다빈치

정보와 정보의 연결

새롭고 독창적인 아이디어를 얻으려면 분명하지 않은 정보끼리 연결하고 예상 밖의 방식으로 정보를 잇는 능력이 필요합니다. 정보를 아는 것만으로는 뛰어난 창조력을 발휘할 수 없기 때문입니다.

이미 아는 지식과 새로운 정보를 연결하는 것도 아이디어를 얻는 좋은 방법입니다. 예를 들어, 악보 읽는 법을 이미 알고 있다고 해도 악보를 읽는 지식만으로는 곡이 연주되었을 때의 분위기나 느낌을 정확히 알 수 없습니다. 실제로 연주된 곡을 들어보는 경험을 통해서만 악보 속 음표라는 정보와 곡 전체의 분위기라는 정보가 매치됩니다. 곡을 듣지 못하고 악보만 보거나, 악보는 못 보고 곡만 듣는 단절된 정보 수집은 두 정보를 조합해서 경험하는 것보다 창조성이 떨어질 수밖에 없습니다.

여기서 한 단계 더 나아가, 정보 간의 연결로 두뇌가 어떤 자극을 받을지도 생각해봐야 합니다. 어떤 정보가 나의 뇌를 자극하고 창조적 영감을 주는지 면밀히 파악해두세요. 나만의 창조적 핵심 동력을 깨닫게 될 테니까요.

· · ·

창조성은 연결하는 능력이다.
창조적인 사람에게 창작 과정을 물어보면 대개는 대답을 잘 못 한다.
그들은 의식적으로 행동을 한 게 아니라 무의식적으로 어떤 걸 본 것에 가깝기 때문이다.
독창적인 창작자들은 자신이 경험했던 것을 연결하고 새로운 아이디어를 떠올린다.
다른 사람들보다 더 많이 경험했고 그 경험에 대해 더 많이 생각했기에 가능한 일이다.

스티브 잡스

전략적인 관계 맺기

정보의 관계 맺기도 창조성에 관여합니다. 영화와 배경음악의 관계를 볼까요? 영화에 음악이 사용되기 시작한 것은 무성 영화 시대 때로 거슬러 올라갑니다. 당시에는 극장에서 영화의 장면에 맞추어 피아노를 라이브로 연주하는 데 그쳤죠. 하지만 요즘엔 영화의 극적 효과를 높이는 데 음악이 매우 큰 역할을 하고 있습니다. 배경음악은 긴장 정도를 조절하고 관객의 감정도 변화시킵니다. 관객들은 영화를 보며 의식적 또는 무의식적으로 음악과 영상을 관계 맺는 경험을 하는 것입니다.

정보들은 어떤 관계를 맺느냐에 따라 서로를 보완하는 '전략적 제휴'가 가능합니다. 우리는 이렇게 정보들의 관계를 파악하며 더 창조적인 아이디어를 떠올릴 수 있어요.

다르고 다양한 답 찾기

어떤 문제에 답이 꼭 한 가지만 있다고 생각하는 것은 잘못입니다. 답을 찾고 싶을 땐 무조건 '열심히'보다는 '다르고 다양하게' 노력해야 합니다. 답은 여러 개일 수 있고, 복수의 답을 동시에 적용할 수도 있으며, 때론 여러 답을 조합한 최상이 답을 구할 수도 있으니까요.

어떤 트럭이 차체의 높이보다 낮은 교량 아래로 들어가다가 도로와 교량 사이에 끼는 사고가 났습니다. 주변 교통도 완전히 마비되었죠. 교통안전 전문가들은 사고를 수습하기 위해 나섰습니다. 누군가는 트럭 윗부분을 잘라내자고 했고, 또 누군가는 교량 밑의 구조 일부분을 허물자고 했습니다. 이때 구경하던 한 아이가 말했습니다. "그냥 타이어의 공기를 빼면 되지 않아요?"

해결이 어려워 보이는 문제는 복잡하게 생각할수록 더 어려워집니다. 간단히 생각하고 상상력을 발휘하면 많은 문제들이 의외로 쉽게 풀립니다.

아이디어 믹스 앤 매치

참신하고 기발한 아이디어는 당연한 것들을 당연하게 생각하지
않을 때, 또는 어떤 대상을 특이하고 혁신적인 방식으로 이용
할 때 떠오를 수 있습니다. 가령, 순수예술과 기술산업의 만남
이라든가 의학과 음악의 교류처럼 다소 거리가 먼 분야를 융합
할 때 신묘한 아이디어가 도출되는 거죠.

노력하는 창작자가
타고난 천재를 이길 수 있을까요?

창조적인 사람과 지루한 사람의 차이는 아이디어를 현실화할 때까지 노력했느냐 안 했느냐에서 갈립니다. 아이디어가 아무리 독창적이어도 결과물로 만들지 않는다면, 또 결과물을 만들 때까지 끈질기게 보완하지 않았다면 그 어떤 독창적 아이디어도 살아남지 못하죠.

"사람들은 눈앞에 보여주기 전까지, 자기가 뭘 원하는지 모른다." 스티브 잡스의 명언입니다. 잡스가 만든 아이폰, 맥북 등 애플 제품들은 세상에 없던 것입니다. 우리는 그게 필요한지도, 우리가 그걸 원하는지도 몰랐죠. 그러나 잡스가 구상한 세상을 바꿀 제품을 끈기 있게 만들어 내놓고 나자 우리는 이제 그의 발명품이 없던 시절로 돌아갈 수 없게 되었습니다. 잡스는 자신의 직관을 믿고 함께 일하는 창조적인 사람들과 끝까지 노력했기에 오히려 우리가 열광하는 제품들을 만들어낼 수 있었습니다.

**To become successful at anything,
you've got to practice discipline.
You must do something over and over and
over again to do it extremely well.
And being creative is no exception.**

Stephen Key

성공적으로 해내고 싶은 일이 있다면 단련해야 한다. 어떤 일이든 매우 잘하기 위해선
몇 번이고 반복하는 과정이 필요하다. 창조 역시 예외는 아니다.

스티븐 키, 전략가이자 작가

장애물을 만나도 포기하지 않는 자세는 창조력 훈련의 중요한 포인트입니다. 일이 계획대로 풀리지 않는다면 이유를 생각하고 다른 방법을 고민하세요. 안 되었다는 감정에 매몰되어 있다가는 포기하기 십상입니다. 글을 쓰다 막히면 다른 방향으로의 전환을 고민하고, 조형물을 만드는데 균형이 안 잡히면 다른 재료를 붙여봅니다. 때론 지금까지 만들어온 창작물에서 꼭 필요하다 생각되는 부분만 취하고 나머지는 과감히 버려보는 것도 좋습니다.

중요한 건 끈기입니다. 창작의 과정에는 성실함과 에너지, 그리고 어떻게든 끝까지 해내려는 끈기가 중요함을 잊지 마세요.

목적지에 도착하기

창작의 과장에는 수많은 단계가 있습니다. 모든 창작자들은 각자 스스로 정한 단계를 밟아나가죠. 하지만 종종 거쳐 가는 '단계'를 '목적'으로 착각하는 경우가 있습니다. 시제품부터 완벽한 것을 만들려고 하거나 본인도 애매한 수준의 창작물을 남에게 보여주고 호평을 받고자 할 때가 그렇습니다. 기나긴 창작의 과정에서 모든 단계를 목적으로 바라보면, 마치 공항에 도착하고도 착륙하지 못하고 활주로 위만 뱅뱅 도는 비행기처럼 목적지를 잃습니다. 창조 역시 결과물이 만들어져야 완성입니다. 창조의 과정은 개인이 가진 능력에 따라 또는 가진 수단과 주변 환경에 따라 시간이 걸릴 수도 있고 예상보다 빨리 끝날 수도 있습니다. 중요한 것은 끝날 때까지 계속해서 노력해야 한다는 것입니다.

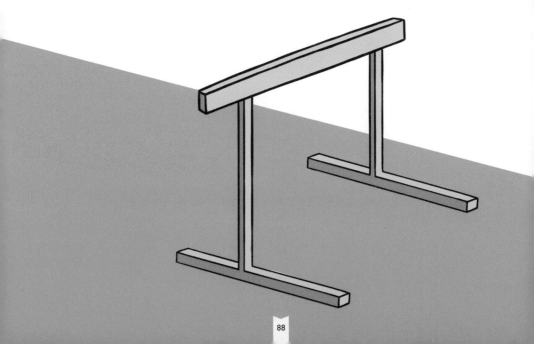

내가 자는 동안
창조성도 잠들까요?

혁신적인 아이디어를 내야 하는데 안 나올 때, 어려운 문제를 해결해야 하는데 실마리조차 없을 때, 남들이 생각하지 못한 창조적인 연결고리를 찾고 싶은데 도무지 알 수 없을 때. 혹시 밤새 고민하나요? 그냥, 주무세요. 신경과학자들은 꿈꿀 때나 얕은 수면 단계에서 창조성이 많은 일을 한다고 말합니다. 잠을 잘 때 모든 감각적·인식적 사고와 아이디어가 깨어나고 새로운 연결이 만들어지기 때문입니다.

• • •

때론 밤새 고민했던 문제가 다음 날 아침 눈을 뜨면 저절로 해결될 때가 있다.

존 스타인벡

꿈의 창조적 연상 작용

꿈에 대해 오랫동안 연구한 칼 융과 지그문트 프로이트는 정신분석학적으로, 꿈을 꿀 때 자유 연상 작용이 일어나 기발한 아이디어를 생각하게 되고 문제의 해법을 찾을 수 있다는 사실을 알아냈습니다.

수면 주기 중 꿈을 꾸는 단계인 렘수면 단계에서 뇌는 낮 동안 얻은 정보를 정리하고 나중에 꺼내 쓸 수 있도록 저장합니다. 그 과정에서 관련 없어 보이는 정보들이 연결되며 창조적인 생각으로 새롭게 조합되죠. 또한 렘수면에서는 불필요한 정보가 삭제되며 깨어 있을 때 새로운 지식을 받아들일 수 있도록 뇌가 회복됩니다.

가수면 상태

입면 상태 또는 **가수면 상태**란 깨어 있는 상태와 잠자는 상태의 중간 단계를 의미합니다. 이때에는 무의식에 있는 이미지들이 상상의 날개를 달고 매우 풍부해지죠. 초현실주의 화가 살바도르 달리는 가수면 상태를 이용하는 독창적인 작업 습관이 있었습니다. 달리는 쇠 스푼이나 열쇠를 손에 쥐고 바닥에는 접시를 둔 뒤 소파에서 잠을 청했다고 합니다. 잠이 들려고 하면 손에 힘이 빠져 열쇠가 떨어졌고, 열쇠가 접시에 부딪혀 낸 큰 소리에 깨려고 한 것이죠. 달리는 그렇게 선잠을 반복하며 무의식 속 환상적 이미지들을 캐치해 이를 작품에 반영했습니다.

규칙적이고 건강한 수면

잠을 충분히 자지 못하면 뇌는 필요한 정보를 제대로 처리할 수 없습니다. 특히 만성 수면 부족은 스트레스 호르몬을 과다 생성하여 몸을 긴장시키기 때문에 집중력과 사고력이 떨어져 창조성을 발휘하기 어렵게 합니다. 물론 수면 부족도 가수면 상태와 같은 환각을 일으키기도 하지만, 창조 성에 있어 더 좋은 건 규칙적이고 건강한 수면 습관입니다.

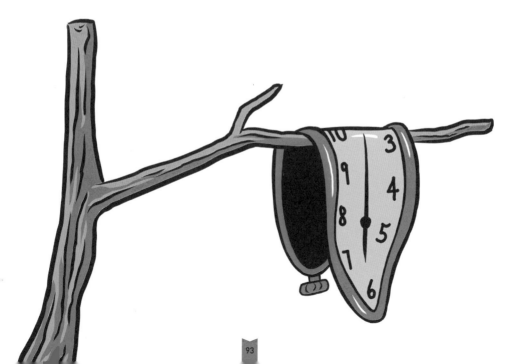

There is a time for many words, and there is also a time for sleep.

Homer

말이 필요한 시간이 있고, 잠이 필요한 시간이 있다.

호메로스

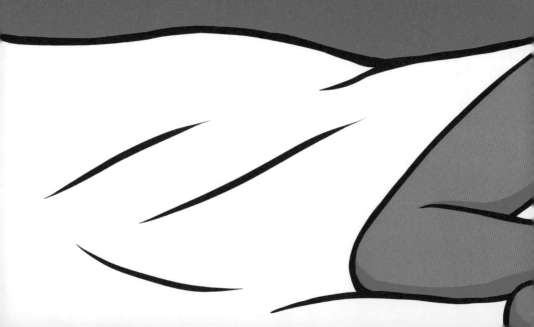

창조를 남과
함께 할 수 있을까요?

혼자 고민해야 빛나는 창조가 있고, 여럿이 힘을 모아야만 빛나는 창조도 있습니다. 혼자만의 사색으로 나오는 아이디어도 있지만, 여러 사람이 시간과 노력, 지식을 한데 모아야 하는 아이디어도 있기 때문이죠. 팀 단위로 일하면 개인으로 일할 때보다 더 다양한 관점을 취할 수 있고 덕분에 좋은 결과물이 나올 가능성도 높습니다. 협력은 다른 사람의 경험과 전문 지식, 기술을 얻을 수 있는 기회입니다.

협력으로 부족한 부분을 보완하고 장점을 강화하세요. 무용수와 조명이 만나는 것처럼, 연극과 이야기를 풍부히 담아내는 의상이 어울리는 것처럼 서로 어울려 시너지를 얻을 수 있을 테니까요.

• • •

나와 완전히 다른 사람과 여행을 떠나라. 몸도, 마음도, 아이디어를 표현하는 방식도
완전히 다른 사람과 대화할 때 영감을 얻을 수 있다.

아크람 칸, 무용가이자 안무가

이질적 분야의 컬래버레이션

유명 미술감독이자 세트 디자이너 에스 데블린은 록 밴드 U2의 2015년 콘서트 무대와 뉴욕 메
트로폴리탄 오페라 극장에서 2015~2016년에 공연된 〈오텔로〉 무대, 영화배우 베네딕트 컴버배
치가 주연한 2015년 연극 〈햄릿〉의 무대를 디자인했습니다. 데블린은 이 세 무대를 진두지휘하
며 무대라는 시각적 예술 매체에 음악, 조명, 무대 효과, 배우의 연기, 공간 연출, 관객 등 복합적인
요소를 한데 어우르게 하고 싶어 했죠. 그래서 각 분야의 수많은 전문가가 총동원하여 가장 공연
에 적합한 무대를 만들고자 협력했습니다. 이 과정에서 디자이너들은 물론이고 특수 효과 전문
가, 조명감독, 음악감독, 배우, 진행 스태프 등이 많은 의견과 아이디어를 냈고 데블린은 이를 가
장 조화롭게 섞었습니다.

2017년 공연된 〈8M:NUTES〉은 과학과 예술이라는 이질적인 두 분야가 성공적으로 컬래버레이
션한 대표적 사례입니다. 알렉산더 휘틀리와 무용 극장 새들러스 웰스 팀이 공동 제작한 이 공
연은, 세계 최고 수준의 우주 기술을 연구하는 과학기술시설위원회의 랄 스페이스 팀에서 제작
한 태양 과학 영상과 데이터에서 영감을 받아 탄생했습니다. 여기에 〈8M:NUTES〉의 원곡을 작
곡한 전자음악의 선구자 다니엘 올과 영국 아카데미상 수상 경력이 있는 비디오아티스트 탈 로
스너도 작업에 참여해, 태양과 인간의 관계를 예술적으로 조명하고 음악, 춤, 영상이 어우러진 몰
입형 공연을 완성했죠.

**Be as collaborative as possible.
I do a lot of my thinking once
I'm in the rehearsal room –
I'm inspired by the actors or designers
I'm working with.
Other creative people are a resource
that needs to be exploited.**

Anthony Neilson

최대한 다른 사람들과 협력하라.
나는 리허설에 들어가기 전까지도 여러 고민이 있지만,
배우나 디자이너, 스태프들을 보며 해결의 실마리를 얻는다.
창조적인 사람들은 나의 자원이 될 수 있다.

앤소니 닐슨, 극작가이자 감독

장단점을 볼 줄 아는 리더십

창조적 팀원이 잘 협력하려면 팀워크를 높여줄 리더가 필요합니다. 창조적인 리더는 팀이 성취하고자 하는 목표를 위해 팀원들이 가진 능력과 전문지식을 잘 연결해 활용할 줄 아는 리더입니다. 다만, 무조건 장점만 모아 다 반영하려고 해선 안 되죠. 때로는 리더가 논쟁거리를 던지기도 해야 합니다. 마찰이 있어야 열기도 뜨거워지니까요. 팀원도 나와 다른 관점과 세계관을 가진 팀원을 열린 마음으로 받아들여야 합니다. 또한 자신이 가진 통찰력도 제대로 표현해야 하고요.

브레인스토밍

비즈니스 전문가들은 협업의 한 형태로 브레인스토밍을 곧잘 제안합니다. 그러나 때로는 생각을 마구 펼쳐놓는 브레인스토밍은 시간이 오래 걸리고, 시간 낭비가 될 수도 있습니다. 창조에 도움이 되는 브레인스토밍은 시간을 정해두고 중간중간 핵심 아이디어만 추려내며 불필요한 아이디어는 과감히 버리며 진행해야 합니다. 아이디어가 너무 많으면 오히려 진부한 결론에 도달할 수 있으니 주의하세요.

영감의 원천, 뮤즈

꾸준히 영감을 불어넣는 존재인 뮤즈가 있으면 그와 창조적 협력 관계를 이룰 수 있습니다. 뮤즈는 현실 세계에 존재하는 사람이나 사물, 음악, 향기 등이 될 수도 있고 우리 정신세계에 내재한 개념이나 이미지가 될 수도 있습니다.

정신분석가 에델 퍼슨은 누구나 연인이자 뮤즈가 되어줄 사람을 찾는다고 말합니다. 연인 관계나 친밀한 관계에서 나오는 창조성은 쉽게 깨질 수 있다는 위험도 있지만, 교감의 깊이가 매우 깊어 아주 독특하고 훌륭한 결과를 내게 하거든요. 서로 뮤즈가 되어준 창작가들도 있습니다. 멕시코 출신의 화가 부부인 프리다 칼로와 디에고 리베라, 영국 대표적인 디자이너 부부 로빈 데이와 루시엔 데이, 발레계 최고의 콤비인 마고 폰테인과 루돌프가 그렇습니다. 또 셰익스피어에게는 '검은 여인'이라는 묘령의 뮤즈가, 제임스 조이스에게는 노라 바나클이라는 영감의 존재가 있었습니다.

The desire to create is one of the deepest yearnings of the human soul.

Dieter F. Uchtdorf

창조에 대한 욕구는 인간이 가장
갈망하는 욕구 중 하나다.

디이터 F. 우흐트도르프, 비행사이자 종교 지도자

노을빛 창조 발화제
_음악

음악을 들으면 뇌가 자극됩니다. 뿐만 아니라 악기를 직접 연주하면서 음악을 들으면 뇌 안에서 새로운 신경회로의 연결이 급격히 증가합니다.

• • •

청각형 인간인 나는 글을 쓸 때 항상 음악을 먼저 튼다.
멜로디를 듣는 순간 저 먼 과거나 미래로 순식간에 여행을 떠난 기분이 들기 때문이다.

폴리 스텐햄, 극작가

신경과학자들에 따르면, 음악을 들을 때 뇌에서 멜로디와 리듬이 정보로 처리됩니다. 악기를 직접 연주하면 몸의 소근육을 주로 사용하게 되어 관련된 뇌 부위가 발달하죠. 뇌의 자극이 다방면으로 꾸준히 이루어지면 기억력 좋아지고 행동을 제어하는 집행 기능이 향상되며 좌우뇌 사이의 연결도 강화됩니다. 결과적으로 창조적 행위를 위한 뇌 운동이 되는 셈이죠.

• • •

악기를 연주할 때마다 나는 낯선 '정신 영역'에 들어간다.
그래서 악기 연주를 마치고 나면 모든 일에서 통하는 특별한 통찰력을 얻는다.
사서 한 번도 연주하지 않은 우쿨렐레가 있는가?
먼지를 털어내고 연습을 시작해보자.

토니 비스콘티, 음악가이자 음악 프로듀서

감정을 담은 가사 쓰기

가사를 쓸 때면 누구나 시인이 되죠. 이를 증명하듯 2016년 노벨 문학상은 가수 밥 딜런에게 돌아갔습니다. 가사에는 감정과 이야기가 모두 담겨야 합니다. 음악을 듣고 떠오르는 감정을 가사로 써보거나 가사를 쓰고 그에 맞는 분위기를 곡으로 만들어보세요. 창조력은 가사를 쓸 때, 곡을 쓸 때, 가사와 곡을 매치할 때 모두 힘을 발휘합니다.

When I'm stuck for a closing to a lyric, I will drag out my last resort: overwhelming illogic.

David Bowie

나는 가사가 떠오르지 않을 때,
최후의 수단으로 완전히 말도 안 되는 생각을 해본다.

데이비드 보위, 싱어송라이터이자 배우

컷업 기법

컷업 기법은 텍스트나 작품을 잘라낸 뒤 재배치하는 창작법입니다. 록스타 데이비드 보위는 가사를 쓸 때 종종 컷업 기법을 사용했습니다. 2015년 발표된 〈아웃사이드〉 앨범의 수록된 곡들은 모두 컷업 기법으로 탄생했다고 하죠. 보위는 1998년 BBC와의 인터뷰에서 "서로 관계없는 아이디어를 서너 가지 떠올리고 그 아이디어들을 억지로 연결하다 보면 때로는 매우 놀랍고 창의적인 생각들이 떠오릅니다"라고 말했습니다.

컷업 기법을 처음 사용한 사람은 1920년대에 활동한 다다이즘 시인 트리스탕 차라입니다. 미국 '비트 세대'를 대변하는 작가이자 철학자인 윌리엄 버로스도 이 기법을 잘 활용한 것으로 유명하고요.

여러분도 아이디어가 막힌다면 여러 아이디어를 자르고 다시 붙이며 새로운 상상에 빠져보세요.

Just start scribbling. The first draft is never your last draft. Nothing you write is by accident.

Guy Garvey

일단 아무 글이나 써보라.
분명 첫 문장만 쓰고 끝나지 않을 것이다.
어떤 글도 우연히 나오지 않는다.

가이 가비, 음악가

노을빛 창조 발화제
_미술

. . .

그림은 경험에 관한 것이 아니라 경험 그 자체다.

마크 로스코, 화가

미술은 모든 것에 존재합니다. 자연 속에도 있고 인공물에도 있죠. 우리 주변에 존재하는 미술적
요소들은 조화를 이루고 때론 부딪히며 개성을 드러냅니다. 이러한 사실을 이해한다면 미술이 창
조의 정점에 있음을 알 수 있습니다.

선입견 깨부수기

예술은 '이러이러한 것이다' 같은 선입견이 있다면, 당장 벗어나세요. 선입견은 우리의 가능성을 제한하니까요. 미술이 담아야 할 주제가 항상 행복하고 환상적이어야만 한다는 생각도 선입견입니다. 마크 로스코가 그려낸 적막함, 아그네스 마틴에게서 느껴지는 차분함, 피카소의 〈게르니카〉에서 느껴지는 공포, 호아킨 소로야의 햇빛 비치는 정원, 가츠시카 호쿠사이의 파도가 보여주는 에너지, 케테 콜비츠 비애감, 케첩 상자로 담아낸 앤디 워홀의 문화적 표현까지 모든 것이 미술의 소재가 될 수 있습니다.

미술품에 대한 감흥은 작품의 예술적 효과, 기교, 아이디어에서 받을 수 있고 때론 작품의 독창성에서 받을 수도 있습니다. 감흥은 미술품을 창작한 사람과 그것을 보는 사람 사이의 관계에서 나오거든요. 따라서 미술품의 창조성을 더 풍부히 느끼고자 한다면 선입견 없이 작품이 주는 모든 것을 있는 그대로 받아들이며 느껴지는 자신의 감정에 충실해야 합니다.

• • •

창조적 행위는 예술가 혼자 수행하는 것이 아니다.
관객이 작품을 해석해줘야만 작품은 외부 세계와 교류하며 진정한 창조물이 된다.

마르셀 뒤샹, 화가이자 작가

가벼운 낙서

'스프레차투라'라는 기술이 있습니다. 이탈리아어로 '무시하다'는 뜻인데 이는 미술에서 무심한 듯 세심하게, 즉 계획된 무관심을 표현하는 것입니다. 어려운 작업일수록 더 편하게 해야 합니다. 꼭 대작을 그릴 것처럼 굴지 말고 때론 가벼운 낙서를 한다는 마음도 지녀보세요. 미술은 아이디어 를 탐험하는 과정에서 완성되어갑니다. 낙서는 그 시작이 될 수 있어요.

독창성을 살려줄 다양한 도구

아이디어를 실험해볼 도구를 다양하게 써보세요. 목탄, 유화, 물감, 펜 등 어떤 재료가 내 스타일 에 맞는지 살펴보는 겁니다. 재료는 주제에 따라 달라질 수 있어요. 또 때론 그리는 도구보다 바탕 이 되는 종이가 더 중요할 때도 있고요. 자신만의 독창성을 표현하고 싶다면 진취적이고 대담하고 직관에 반하는 방식으로 재료들을 사용해보는 것도 좋습니다.

Sometimes the best brush is an old, knackered one: it can take you out of your comfort zone and lead to the creation of something unpredictable and exciting.

Jonathan Hargreaves

때로는 낡은 붓이 가장 좋은 붓이 된다.
편하고 안전한 곳에서 벗어나 예측할 수 없고
흥미진진한 무언가를 창조하도록 이끌기 때문이다.

조나단 하그리브스, 예술가

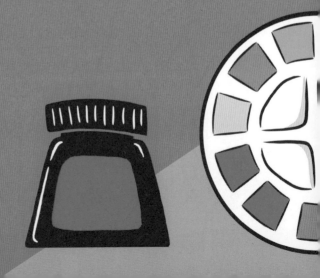

노을빛 창조 발화제
_글쓰기

· · ·

모든 초고는 완벽하다. 존재하기만 하면 되니까.

제인 스마일리, 작가

창조성을 표현하는 대표적인 방법이 글쓰기입니다. 출판에 대한 로망이 있는 사람도 많죠. 여러분 중에도 있지 않나요? 그러나 창조적인 생각을 하는 것과 창조적인 글을 쓰는 것은 아주 다릅니다. 글쓰기는 글쓰기만이 제공하는 독특한 경험이 있거든요.

시, 소설, 산문 중 어떤 글을 쓰든 중요한 것은 나만의 목소리를 찾는 것입니다. 아무리 창조력이 뛰어난 사람도 좋은 글을 쓰기 위해서는 새로운 분야를 탐험해야 하며, 글을 다듬고 연습하는 시간이 필요합니다.

For a writer, voice is a problem that never lets you go, and I have thought about it for as long as I can remember – if for no other reason than that a writer doesn't properly begin until he has a voice of his own.

Alfred Alvarez

작가들에게 '나만의 목소리'는 평생의 숙제다. 나 역시 오랫동안 이 문제를 고민해왔다. 자기만의 목소리를 내기 전까지는 무얼 쓰든 작가가 되지 않는다.

알프레드 알바레즈, 시인이자 작가

내 목소리를 찾기 위한 독서

좋은 글을 쓰는 가장 유용한 방법은 독서입니다. 유명 작가들이 쓴 소설, 시, 산문, 에세이를 읽어보세요. 책의 종류나 시대, 문화적 배경은 다양할수록 좋습니다. 책을 다양하게 읽으면 문법적으로나 구조적으로 좋은 글에 익숙해지고, 좋은 글이 어떤 글인지를 직접 이해하고 느낄 수 있게 됩니다. 물론 자기만의 목소리를 찾는 데도 도움이 되죠.

• • •

스릴러나 로맨스소설만 보지 말고 인문서나 역사서도 읽어라.
좋아하는 작가의 글을 모방하는 것도 괜찮다. 영국 소설가 로버트 루이스 스티븐슨 역시
명작가의 스타일을 모방하라고 했다. 모방은 발전의 시작임을 기억하라.

알란 홈, 시인이자 작가

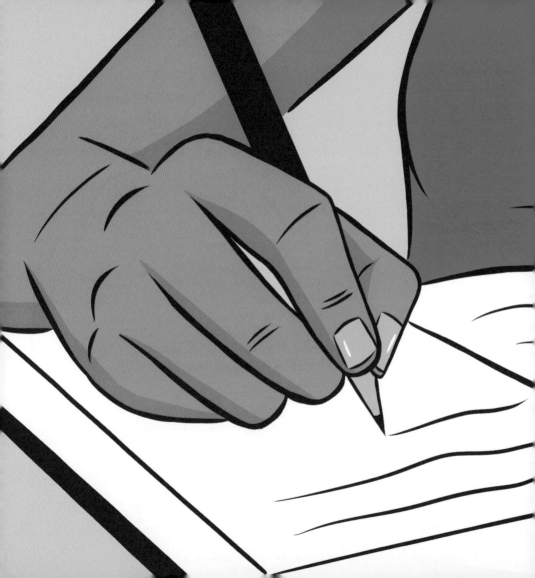

떠오른 순간을 잡는 메모 습관

책상 위에, 그리고 가방 속에 항상 수첩을 두세요. 아이디어와 영감은 그때그때 떠올라 섬멸합니다. 생각나는 단어나 문장, 감명 깊게 본 인용문이나 기억에 남는 명칭, 소리들은 떠오른 순간 적어두어야 합니다. 이렇게 쓴 메모들은 언젠가 반드시 빛을 발할 거예요. 오래전에 적어둔 메모를 보고 막혔던 이야기가 뚫렸다는 작가들이 아주 많거든요.

뇌에 자극을 주는 손글씨

종이와 펜으로 글을 쓰면 키보드를 두드릴 때와는 다른 경험을 할 수 있습니다. 손에 닿는 감촉도 다르고 손에 들어가는 힘과 움직이는 근육도 다릅니다. 많은 작가들이 시놉이나 캐릭터 설정을 할 때 종이에 손으로 쓰는데, 모니터와 키보드 앞에서와는 다른 풍경에 뇌가 좋은 자극을 받기 때문이라고 합니다. 가볍게 낙서하는 마음으로 손글씨를 쓰다 보면 아이디어도 자연스럽게 떠오릅니다.

매일 쓰기

매일매일 조금씩이라도 글을 쓰세요. 책 한 권을 쓰려고 마음먹으면 꽤 막막하지만 하루에 200자만 쓴다고 계획하면 조금 편해집니다. 그렇게 매일 6개월만 써도 책 한 권 분량의 원고가 나오죠. 글은 하루아침에 써지지 않아요. 조금씩 써두고 이를 수정하며 연결해야 합니다. 써둔 글들을 전부 활용하지 못할 수는 있지만 쓰는 동안 훈련이 되기 때문에 절대 헛되지 않습니다. "시간만 있으면 나도 소설 한 권은 쓸 수 있다"라고 하는 사람이 있다면 그는 평생 창조적인 책을 한 권도 쓸 수 없을 것입니다.

느낌에 집중하는 시 짓기

'시는 감정으로 생각하는 법'이라 말한 미국의 국민 시인 엘리자베스 비숍은 "사람들이 예술에서 원하는 것은 자신을 잊는, 완전히 헛된 집중력이에요"라고 말했습니다. 미국의 대표 모더니즘 시인 E. 커밍스도 문법, 구문, 형식을 벗어던진 새로운 형태의 글쓰기를 시도하며 시에서 가장 중요한 것은 느낌이라고 강조했죠. 어떤 형태의 시든 느낌에서 영감을 얻고, 그 느낌을 매력적으로 묘사하며 탄생하기 때문입니다.

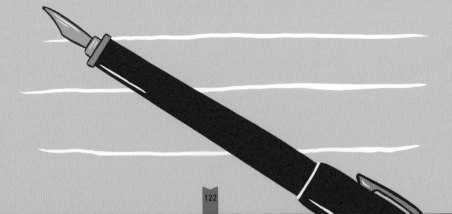

**A poem begins with a lump
in the throat; a sense of wrong,
a homesickness, or a lovesickness.
It is a reaching-out toward expression;
an effort to find fulfilment.
A complete poem is one where
an emotion has found its
thought and the thought has
found words.**

Robert Frost

시는 목구멍에 생긴 혹처럼,
향수병이나 상사병 같은 불편한 감정으로 시작된다.
시는 표현을 향한 손길이자 성취감을 얻기 위한 노력이다.
완벽한 시는 감정이 생각을 발견하고,
생각이 언어를 발견할 때 만들어진다.

로버트 프로스트, 시인

완벽한 스토리 전달법 고민하기

소설이든 수필이든, 하나의 글은 시작과 중간, 끝을 가진 독창적인 이야깃거리를 전달해야 합니다. 독창적인 이야기를 쓰려면 무엇을 말하고 무엇을 뺄지, 어떻게 말할지, 어떤 목소리로 전달할지, 어떤 형태나 구조로 전달할지를 선택해야 하죠. 그 선택은 온전히 작가의 몫입니다. 작가는 독자를 고려하여 글 전체에 대한 계획을 세웁니다. 이 계획이 독창적이려면 어느 정도의 타고난 재능이 필요하지만, 꾸준한 연습과 노력도 필요해요.

• • •

정말 읽고 싶은 책이 있는데 그 책이 아직 세상에 나오지 않았다면 당신이 써야 한다.

토니 모리슨, 작가

글쓰기 강좌 듣기

단기 강좌나 소규모 모임 형태의 글쓰기 강좌가 최근 급격히 증가하고 있습니다. 강좌만 듣는다고 단번에 뛰어난 작가가 될 수는 없지만, 작가로 성장할 수 있는 체계적인 훈련과 피드백, 실제적인 도움은 받을 수 있습니다. 글 쓰는 습관이 몸에 배는 기회도 될 수 있으니 한번 도전해보세요.

거절에도 멈추지 않을 용기

냉정하게 들리겠지만, 출판사에 투고한다고 바로 책을 낼 수는 없습니다. 아마 대차게 거절당할 거예요. 심지어 이유조차 모른 채로 말이죠. 세계적인 작가들도 수십 회 이상 출판을 거절당했습니다. 마가릿 미첼의 《바람과 함께 사라지다》는 38번, 스티븐 킹의 《캐리》는 30번, 로버트 피어시그의 《선과 모터사이클 관리술》은 121번이나 출판사에서 퇴짜를 맞았습니다. 그래도 포기하지 않는다면 언젠간 표지에 내 이름이 적힌 책을 손에 쥘 수 있습니다.

노을빛 창조 발화제
_움직임

"나비처럼 날아 벌처럼 쏘라." 역사상 가장 위대한 복싱선수인 무하마드 알리가 남긴 말이죠. 알리는 뛰어난 복싱 실력만큼이나 화려한 입담을 자랑하여 현역 시절 '루이빌의 떠버리', '떠버리 알리' 같은 닉네임으로 불렸습니다. 그가 남긴 명언 중에는 스포츠에서 최고가 되기 위해 상상력, 독창성도 중요했음을 보여주는 게 많습니다.

· · ·

챔피언은 체육관에서 만들어지는 것이 아니라 자신의 내면 깊은 곳에 있는
소망, 꿈, 이상으로 만들어진다. 챔피언은 마지막 순간을 버티는 끈기가 있어야 하고,
좀 더 빨라야 하고, 기술과 의지가 있어야 한다.
하지만 기술보다는 의지가 더 강해야 한다.

무하마드 알리

꾸준한 노력이 만드는 운동 예술

축구가 예술이 될 수 있을까요? 그럼요. 축구는 공이 이리 튀고 저리 튀는 찰나마다 승부를 결정 짓는 선수들의 창조적 감각이 꽃피고, 팀끼리 협력하여 최상의 골 루트를 만드는 과정에서 독창적 인 무브먼트가 완성됩니다. 승부를 결정 짓는 감각을 기르려면 축구에 필요한 기본적 지식뿐 아 니라 기술력, 공간지각력 같은 많은 능력이 필요합니다. 훌륭한 축구선수들은 본능적으로 직관 이 발달해 축구에 필요한 능력을 타고난 듯 보이지만, 사실은 풍부한 지식과 경험을 얻고자 꾸준 히 실력을 키워왔답니다.

평범한 일상이 창조적 작품이
될 수 있을까요?

지금까지 살펴보았듯, 개인적 즐거움을 위해서나 직업적 성과를 위해서나 우리는 매일 창조성을 발휘하고 창조력을 키우며 살아갑니다.

• • •

창조력은 마치 전기처럼, 그 원리를 다 이해할 순 없어도
생산적으로나 파괴적으로 사용할 수 있다.
중요한 건 창조력을 사용하는 일이다. 창조력은 소진되지 않는다.
오히려 사용할수록 더 많아진다.

마야 안젤루, 작가

여기서 소개한 방법들 외에도 창조성을 기르고 이를 표현할 방법은 무수히 많습니다. 이를 위한 과정 또한 실제 결과만큼이나 창조적이고 보람될 수 있고요.

Creativity requires the courage to let go of certainty.

Erich Fromm

창의력을 얻으려면
확실성을 버릴 용기가 필요하다.

에리히 프롬

Creativity
takes
courage.
Henri Matisse

창의력에는 용기가 필요하다.
앙리 마티스

창조성은 사물을 바라보는 관점이자 자신을 표현하는 방법이며 삶의 방식입니다. 일상 속에서 매일 창의력을 발굴하고 기를수록 좋은 결과를 얻을 확률도 높아집니다.

번득이는 천재성, 굶주린 다락방의 시인, 우울한 뮤즈에 관한 생각들은 접어두는 것이 좋아요. 하루아침에 스타가 되기를 꿈꾼다면 10년이 걸릴지, 20년이 걸릴지 알 수 없거든요. 또 어떤 사람들은 사후에야 인정을 받기도 하잖아요? 꾸준히 창조적인 아이디어를 캐치하고 표현하고자 노력하면 분명, 위대한 창작자로서 인정받을 날이 올 거예요.

• • •

나는 언어로는 표현할 수 없는 걸 색이나 형태로는 표현할 수 있음을 안다.

조지아 오키프, 화가

찾아보면 일상에서도 창조성을 발견할 기회는 얼마든지 있습니다. 굳이 폭풍이 지나가고 순식간에 구름이 걷히는 놀라운 광경이나 미술관에서 본 잭슨 폴록의 독특한 색감, 아침에 일어났을 때 머릿속에 떠오른 시적인 표현을 포착하느라 애쓸 필요는 없습니다. 창조성은 항상 우리 곁에 있으며, 우리의 일상에 영향을 주고, 우리가 그릴 재료들에 대한 인식을 깨워줍니다. 이제 당신이 그 기회를 만들 차례입니다.

Always be on the lookout for the presence of wonder.

E. B. White

항상 주위를 살펴라.
놀라움을 주는 대상이 있을 테니.

E. B. 화이트, 작가

감사의 말

이 책이 완성되기까지 창조성에 관한 통찰과 지혜를 준
나의 모든 친구와 동료에게 감사 인사를 전합니다.

책 출간까지 물심양면 지원해준 출판사와
케이트 폴라드, 카잘 미스트리, 몰리 아후자에게도
특별히 감사의 마음을 전하고 싶습니다.

하디 그란트 편집부와 일하는 것은 언제나 행복한 경험이에요. 감사합니다.

멋진 삽화와 디자인으로 이 책에 활기를 더해준
에비 외토모와 스텔라 레나에게도 고마움을 전합니다.

부록

더 읽을거리

《묘사의 기술(The Art of Description)》, 마크 도티, Graywolf Press (국내 미출간)

《발칙한 예술가들(Think Like An Artist)》
윌 곰퍼츠, 알에이치코리아(RHK)

《아티스트 웨이(The Artist's Way)》, 줄리아 카메론, 경당

《작가의 목소리(The Writer's Voice)》, 알 알바레스, Bloomsbury (국내 미출간)

《젊은 작가에게 보내는 편지들(Letters to a Young Writer)》, 콜럼 맥캔, Bloomsbury (국내 미출간)

《창의성: 발견과 발명의 심리학(Creativity: The Psychology of Discovery and Invention)》
미하이 칙센트미하이, Harper Perennial (국내 미출간)

《창의성에 관한 헤가티: 규칙은 없다(Hegarty on Creativity: There Are No Rules)》
존 헤가티, Thames & Hudson (국내 미출간)

《창조적 저널 쓰기(Creative Journal Writing)》
스테파니 다우릭, Penguin (국내 미출간)

《측면 사고: 창의성의 교과서(Lateral Thinking: A Textbook of Creativity)》
에드워드 드 보노, Penguin Life (국내 미출간)

《큰 물고기 잡기: 명상, 의식, 창의력(Catching the Big Fish: Meditation, Consciousness & Creativity)》
데이비드 린치, Michael Joseph (국내 미출간)

저자 소개

해리엇 그리피

런던에 기반을 두고 활동하는 저널리스트이자 작문 튜터, 작가입니다.
간호사로 일하며 라이프코칭, 스트레스 관리 교육 등을 받고
건강에 매우 많은 관심을 가지게 되었습니다.
이 경험을 바탕으로 건강에 초점을 맞춘 글을 여럿 집필했습니다.
다수의 영국 신문과 잡지에 정기 기고를 하였으며,
BBC와 LBC 라디오에서도 저널리스트로서 일했습니다.
이 책이 속한 〈I WANT TO〉 시리즈를 기획하여
'창조성', '평온', '정리정돈', '행복', '집중', '자신감'을 주제로 한 책을 펴냈습니다.
이외에도 20권이 넘는 저서를 집필했습니다.

Harriet

용어 설명

ㄱ

가수면 상태
=입면 상태, 깨어 있는 상태와 잠자는 상태의 중간 단계.

기능적 고착
어떤 사물이나 대상을 바라볼 때 원래의 용도와 정의에만 머무르는 사고 경향.

ㄴ

네펠리바타
구름 속에 사는 사람, 몽상가, 자신의 상상이나 꿈속에서 사는 사람, 사회적·문학적·예술적 관습을 따르지 않는 사람.

뇌 신경가소성
뇌가 외부 자극에 반응하여 신경회로를 유연하게 변화시키는 특성.

ㄷ

델타파
깊은 수면에 빠질 때 나오는 뇌파.

ㅁ

뮤즈
원래 미술, 음악, 문학의 여신 이름으로, 예술에서 시인, 무용가, 음악가, 작가들에게 영감을 일으키는 존재들이라는 의미로 사용.

ㅂ

백지 공포증
글을 쓰기 전 하얀 종이나 빈 모니터를 보고 무엇을 쓸지 몰라 두려움을 느끼는 증상.

베타파
일에 집중할 때, 스트레스를 받을 때 주로 나오는 뇌파.

ㅅ

세타파
수면과 깨어 있는 상태의 중간일 때 나오는 뇌파.

수렴적 사고
문제를 해결하는 과정에서 여러 대안을 분석하고 평가함으로써 가장 적합한 해결책을 찾아내는 사고방식(ex 삼각형 내각의 합 구하기).

시각형 창조
시각 정보에 반응이 민감한 창조 유형.

ㅇ

알파파
의식은 깨어 있지만 긴장은 풀린 상태에서 나오는 뇌파.

영감
=인스피레이션inspiration, 창조의 계기가 되는 기발한 착상 또는 자극을 의미하는 단어.

인큐베이션
전염병 등의 잠복기, 부화, 배양 및 보온을 의미하는 용어.

ㅈ

작가의 벽
글 쓰는 사람들이 소재나 스토리가 떠오르지 않아 괴
로워하는 슬럼프.

ㅊ

청각형 창조
청각 정보에 반응해 영감을 받는 유형.

촉각형 창조
신체를 움직이거나 무언가를 만지는 활동에서 창조적
자극을 얻는 유형.

ㅋ

컷업 기법
텍스트나 작품을 잘라낸 뒤 재배치하는 창작법.

ㅎ

확산적 사고
문제 해결 과정에서, 정보를 광범위하게 탐색하고 상
상력을 발휘하여 미리 정해지지 않은 다양한 해결책
을 모색하는 사고방식(노끈 하나로 할 수 있는 일 10
가지 생각하기).

번역 **박선영**

경성대학교 영문과를 졸업하고 부산대학교 교육대학원에서 영어교육학 석사를 취득했다. 영국에서 1년간 사회 봉사 활동을 하고 필립모리스코리아 외 외국 기업에서 7년간 근무했다. 영어 강사와 기술 번역가로 활동했으며 글밥 아카데미를 수료한 뒤 현재는 바른번역에 소속되어 활동 중이다. 역서로는 《니체의 삶》, 《혼자 살아도 괜찮아》, 《오래도록 젊음을 유지하고 건강하게 죽는 법》, 《깃털 도둑》, 《다윈의 실험실》, 《처음 만나는 그리스 로마 신화》 등이 있다.

———

내 안의 가능성을 발견하여 나답게 나아가는

노을빛 창조

초판 1쇄 인쇄 2022년 3월 14일
초판 1쇄 발행 2022년 4월 4일

지은이 해리엇 그리피
그린이 스텔라 레나
옮긴이 박선영
펴낸이 변민아
편집인 박지선, 서슬기
마케터 유인철
디자인 오성민
인 쇄 책과6펜스(안준용)

펴낸 곳 에디토리 | **출판등록** 2019년 2월 1일 제409-2019-000012호
주소 경기도 김포시 김포대로 839, 204호 | **전화** 031-991-4775 | **팩스** 031-8057-6631
홈페이지 www.editory.co.kr | **이메일** editory@editory.co.kr | **인스타그램** @editory_official

Copyright 해리엇 그리피, 2022
ISBN 979-11-976978-1-4 (02810)